S.-H. CLÉMENCEY

MEMBRE D'UNE SOCIÉTÉ DE GENS DE LETTRES

ESSAIS POÉTIQUES

Prix : 1 franc

NIORT

IMPRIMERIE TH. MERCIER

1, RUE YVERS, 1

1880

S.-H. CLÉMENCEY

MEMBRE D'UNE SOCIÉTÉ DE GENS DE LETTRES

ESSAIS POÉTIQUES

Prix : 1 franc

NIORT

IMPRIMERIE TH. MERCIER

1, RUE YVERS, 1

1880

Oui pour être poëte, il faut être amoureux,
Il faut de l'Hippocrène avoir bu l'onde claire,
Être aimé de sa Muse et protégé des dieux,
Afin que de Vénus, cette reine sévère,
On reçoive à jamais les bienfaits précieux.
L'amour, ce don divin, qu'un poëte dédaigne,
En lui donnant les noms de traître, de tyran,
Détesté par les uns et chanté par Montaigne
N'en est pas moins le Dieu des enfants du Coran.
Ils sont rêveurs, allez ! car chez eux Vénus règne.
Et sans l'amour du beau, penseur, que feras-tu ?
Ton cœur indifférent à ce que la nature
A de grandeur cachée et de jouissance pure ;
Ton cœur, par la fureur de l'orage battu,
Te laissera voguer sur une mer impure,
Si tu ne sais aimer ! Crois-moi, pour être heureux
Il faut que de ton cœur les sentiments intimes
De l'amour, ce grand Dieu, qui fait tant de victimes,
Enseignent à ta Muse, en des vers chaleureux,
Que, pour être poëte, il faut être amoureux.

PLAINTES D'UN PÈRE SUR LA MORT DE SON FILS.

A monsieur B...

» ... Magne pater divum, miserere... «

Eh ! ma douleur est vive et ma peine est amère !
Pourquoi donc, ô mon Dieu, ce jugement sévère
Qui met mon âme en deuil et cause mes tourments?
Pourquoi m'avoir privé de l'un de mes enfants ?
Ah ! je l'aimais mon fils, car sur son frais visage
Brillait avec éclat la douceur du jeune âge ;
Il était bon, aimable, ardent, laborieux ;
Il chérissait sa mère, était sage et pieux ;
Il était dans sa fleur, et de l'adolescence
Déjà les traits plus mûrs changeaient ceux de l'enfance.
Ah ! combien il est triste et fécond en douleurs
L'adieu qu'au fils mourant fait une mère en pleurs !
Moi je frémis encore à la seule pensée
De sentir en ma main sa pauvre main glacée !
Mais, hélas ! il n'est plus et déjà mon fils dort
Dans la funèbre couche où l'a jeté la mort ;
Et sa jeune âme, au ciel, aux célestes demeures
S'est envolée hier, sur le soir, à deux heures.
Qui pourra désormais me rendre le bonheur
Et le fils bien aimé qu'on arrache à mon cœur !
Mais, ô mon Dieu, pardonne !... il me reste son frère....
Ah ! je perds la raison... pardonne au pauvre père
Que la douleur égare et qu'un jour ténébreux
Enveloppe à jamais de nuages affreux !...

Brains (Sarthe), décembre 1877.

PITIÉ, MON DIEU !

A monsieur le chevalier *RAFFAEL POLITO.*

Douleur par trop immense ! ô destin lamentable !
    Hélas ! à mes malheurs,
Ce Dieu, toujours si bon, demeure impitoyable
    Et dédaigne mes pleurs !

Il connaît bien pourtant mes peines, ma souffrance
    Et mon douloureux sort ;
S'il me laisse, j'irai chercher ma délivrance
    Dans les bras de la mort...

Je blasphême, ô mon Dieu ! Pardon ! pitié suprême !
    Pardonne au désespoir !
Hélas ! il est bien dur de perdre ceux qu'on aime,
    De ne plus les revoir !

Et tu donnas pourtant deux enfants à ce père...
    Ils firent son orgueil.
Son fils vient de s'éteindre, et l'aurore dernière
    L'a vu dans le cercueil.

Je te parlai souvent du jour qui les vit naître ;
    J'aimais à te bénir...
Et maintenant tu veux ne me laisser peut-être
    Qu'un deuil pour souvenir !

Non, tu ne voudras pas soustraire à ma tendresse
    Celle que j'aime tant ;
Epargne-la, mon Dieu ! Pitié pour ma vieillesse !
    Laisse-moi cette enfant !...

Mais, qu'est-ce donc ? Je sens se glacer dans la mienne
        Sa frêle et blanche main ;
Pour ma fille, ah ! faut-il que déjà la nuit vienne,
        La nuit noire et sans fin !....

Ah ! la nuit est venue avec ses sombres voiles !
        Antoinette n'est plus !
Sa belle âme est là-haut où brillent les étoiles...
        Au séjour des élus.

Si du moins je ne puis revoir ton doux visage,
        O bienheureuse enfant,
Fais qu'en songeant à toi sa souriante image
        M'apparaisse souvent !

Et puisque le bon Dieu t'appela vers ton frère,
        Moi j'attends chaque jour
Que la mort mette un terme à cette vie amère
        Et m'emporte à mon tour.

Ah ! puisque vous voilà près du Dieu de clémence,
        Enfants, priez tous deux
Pour celui qui n'a plus que la douce espérance
        De vous revoir aux cieux !

        Parthenay (Deux-Sèvres).

LE MOUCHARD.

A monsieur S. CH...

Ne voilà pas de mes mouchards qui prennent
garde à ce qu'on fait?
(MOL...)

Voyez-vous bien là-bas cet homme qui se presse,
Qui vient courant à nous en furetant sans cesse !
Son esprit aux aguets et son vilain regard
Dénotent assez bien l'allure d'un mouchard.
Examinons ses traits !... Oui, vraiment, son visage
D'un homme honnête et pur ne montre point l'image.
Son nez et son menton ensemble arqués, hideux,
Bientôt semblent vouloir se réunir entre eux ;
Au dessous de son œil, sa pommette saillante
Enlaidit plus encor sa face repoussante ;
Sa marche embarrassée et son chétif aspect,
Tout cela tend, je crois, à le rendre suspect.
Voyez-le quand il parle, une écume à sa bouche
Vient augmenter encor son air sombre et farouche.
Il dit qu'il sait cela, qu'il connaît tout ceci,
Qu'un tel est fort zélé, qu'un autre est sans souci,
Que cet homme est méchant, que lui seul est honnête,
Qu'il peut de tout cela répondre sur sa tête !
S'il arrive parfois qu'un enfant en tombant,
Par ses cris redoublés, cause un rassemblement:
Alors notre homme court, va faire son enquête ;
Puis, revenant contrit et la mine défaite,
Il vous dira : « Monsieur, il n'y a qu'un instant,

Là-bas sur le chemin, votre ami, tout sanglant,
Est tombé, même on dit qu'il était dans l'ivresse !
Ne vous alarmez point, de ce pas je m'empresse
A lui porter secours ; car il est bien fâcheux
Qu'un homme de son rang se grise comme un gueux !
En ce monde, monsieur, il faut de la prudence
Et surtout éviter de trop faire bombance ;
Il faut craindre beaucoup les dénonciateurs
Qui, fort peu scrupuleux, sont souvent les porteurs
De tous les bruits du jour, de toutes les nouvelles,
Bonnes, mauvaises même, assurément de celles
Qui ne peuvent que nuire. » Après un tel discours,
Ce menteur effronté, ce monstre aura recours
Aux procédés honteux qu'il vient de vous dépeindre ;
Et, poursuivant le but qu'il s'est promis d'atteindre,
S'en ira de ce pas, comme un fou furieux,
Rapporter contre vous cent propos odieux...
Enfin s'il vous arrive un jour une disgrâce,
Qu'un ami vous repousse ou qu'un maître vous chasse ;
De ces malheurs nouveaux ne cherchez point l'auteur,
Croyez-moi..., c'est encor le dénonciateur !
Car il croit, ce méchant, que sur les gens de France
Il a seul le contrôle et seul la surveillance.

Loué (Sarthe), octobre 1877.

REGRETS.

Pourquoi donc, ô Clio, cette vive douleur
Que peint sur ton visage une sombre pâleur;
Pourquoi cette tristesse et cette peine amère?
— Hélas ! un être pur, un cœur grand et sincère,
Un homme est disparu par la mort emporté !
C'est Thiers, c'est le soutien de votre liberté !...
Ah ! pleurez-le, Français, car il aimait la France,
Chérissait son pays, en était l'espérance.
Pleurez ! pleurez celui qui sauva du danger
Vos foyers, la patrie, en chassant l'étranger !
Unissez vos douleurs, déplorez cette perte,
Confondant vos regrets sur sa tombe entr'ouverte !
Mais d'où partent ces cris que dicte la fureur,
Ces imprécations qui me glacent d'horreur?...
Qu'entends-je? Quelqu'un même insulte à cette tombe?
Ah ! qu'il en soit maudit! que sur lui seul retombe
La malédiction d'ici-bas et des cieux !...
Mais non !... pourquoi maudire et courroucer les dieux !
Il vaut mieux pardonner à la face du monde
Et plaindre l'insensé dont l'ignoble faconde
Se débite en pamphlets, en mots injurieux !
Laissez pour les méchants les actes odieux !...
Quand il faudrait pleurer et que tout est en larmes,
Ils fomentent le trouble, ils sèment les alarmes.
Ah ! France, je te plains, je connais tes tourments,
Oui, ton cœur est brisé par tes propres enfants.

Mais, hélas ! il n'est plus celui qui fut ta gloire !
Mais son œuvre qui reste illustre sa mémoire !
Et l'étranger peiné, sensible à ton malheur,
Avec toi vient pleurer, partager ta douleur.
Ah ! pleurez-le celui qui de la noble France
Fut l'aide et le soutien et l'unique espérance !

Loué (Sarthe), septembre 1877.

ENCORE UN DEUIL!

A OCTAVE, mon bon frère.

Qu'est-ce encore, ô mon Dieu, pourquoi cette rumeur?
Ces sanglots déchirants qui me brisent le cœur?
Est-ce un autre malheur qui te frappe, ô ma France?
— Hélas! oui, je suis triste! et malgré ma souffrance,
Enfant, viens avec moi pleurer sur un cercueil
Qui se ferme là-bas et qui jette en le deuil
Un peuple doux et bon, une noble puissance.
De ce peuple, ô mon fils, la douleur est immense:
Leur roi Victor n'est plus! et la cruelle mort
L'a conduit pour toujours au pays où l'on dort!
L'autre jour, hier encor, j'étais seule affligée;
Mais le sombre destin n'a pas de protégée,
C'était moi qu'il frappait... aujourd'hui, c'est ma sœur!
Enfant, Emmanuel est son libérateur:
C'était un roi vaillant, courageux, magnanime,
Tout ce qu'il fit est grand et son œuvre est sublime:
De la belle Italie il créa l'unité;
Il la fit libre, et puis, par son habileté,
Il sut reprendre Rome et la rendre à ses frères!...
Ah! ses aïeux, mon fils, en leurs tombes, ses pères
Ont tressailli de joie!... et puis, avec amour,
Ils ont béni leur fils!... Mais, hélas! à son tour
Il est mort?... et trop tôt la pierre funéraire
Pour lui s'est soulevée! Enfant, que ta prière
S'en aille aussi s'unir aux éternels regrets
Qu'a laissés après lui cet ami du progrès!

Quoique sage il était ardent à la bataille ;
Il dédaignait le feu, méprisait la mitraille,
A Golto n'a-t-il pas fait preuve de valeur ?
Les champs de Palestro l'ont vu bouillant d'ardeur !
Sans cesse aux premiers rangs au milieu des zouaves
Il se fit admirer, aimer de tous ces braves.
Aussi, pour honorer ce vaillant général
Ils l'acclamèrent tous, le nommant « caporal ».
C'est cet homme, ô mon fils, qui voyant ma souffrance
Disait en gémissant, plaignant la pauvre France :
Ah ! si je n'étais roi, je serais dans huit jours
Aux côtés des Français, leur prêtant mon concours. »

Loué (Sarthe), février 1878.

Monsieur et cher Directeur, (*)

J'hésite à prendre la plume pour vous faire part de mes
sentiments sur l'odieux attentat qui vient d'étonner l'Eu-
rope. J'hésite, car je ne sais si je parviendrai à trouver
des termes assez puissants pour flétrir ce crime et son
auteur.

Ah! vraiment oui, monsieur, j'hésite et dans mon cœur
Je sens sourdre la haine et croître la fureur.
Comment! un être infâme, un sombre misérable
Allait commettre un meurtre, un crime épouvantable!
Quoi! ce nouveau Judas, comme un Jacques Clément,
Osait devant son roi se dresser menaçant!
Ah! ne craignait-il pas, en commettant ce crime,
De plonger son pays dans un profond abîme!
Non..., pour ces gens sans cœur, pour ces êtres sans foi.
La patrie est un mythe et le crime est leur loi.
Mais je croyais, bandits, votre caste maudite
Pour toujours disparue et pour jamais détruite!...

(*) Cet'e lettre que j'adressai, le 20 novembre 1878, après l'attentat du 17, à mon
excellent ami le chevalier Eugène Maccary, eut l'insigne honneur d'être présentée à
S. M. le roi Humbert avec un sonnet de M. Luigi Protti et une poësie de M. Angelo
Filippo. deux de mes collaborateurs de la *Revue Universelle*.

S. M. fit parvenir à mon ami, sous la signature de M. le ministre Visone, la lettre
suivante :

                                        Roma, 5 febbraio 1879.

« Ebbi l'onore di presentare a Sua Maestà il Re l'esemplare della Rivista di Scienze,
lettere ed Arti compilata dalla S. V. nella quale si contengono alcune composizioni
p etiche sull'attentato delli 17 novembre scorso.

» La Maestà sua sensibile all'affettuosa devozione verso la sua Reale Persona che
ispirava i suddetti scritti nonchè l'omaggio della S. V. mi ordinava di porgerle i Reali
ringraziamenti.

» Con distinta osservanza... »

Hélas ! je me trompais, car après les Hœdel,
Après les Moncasi, cet autre criminel,
De vous, vils scélérats, la race renaissante
Vient reparaître encor dans l'affreux Passanante.
Et ce sont de vos gens, ces êtres éhontés,
Qui viennent devant nous parler de libertés !
Ah ! soyez donc maudits ! vous, criminels infâmes,
Qui prétendez au monde apporter des dictames.
Par ces vils attentats ! soyez cent fois maudits !
Car vous avez armé la main de ces bandits.

Monsieur, ce Passanante a l'ironie amère :
« Si j'ai frappé, dit-il, j'étais dans la misère ;
Je n'aime pas les rois, car pour moi ce sont eux
Qui causent les malheurs et font les malheureux.
Moi, je suis citoyen et je veux être libre,
Et je veux entre tous un parfait équilibre. »
Il eut mieux fait de dire, avec raison, je crois,
« Je hais le travail, c'est pourquoi je hais les rois. »

Oui, monsieur, je suis certain que tous ces coupables
n'arriveraient pas à un tel degré de perversité s'ils préfé-
raient le travail à l'oisiveté nauséabonde (si je puis parler
ainsi) où la lâcheté les fait croupir. Et Passanante, ce
bandit, avoue qu'il n'avait aucun grief personnel contre le
roi Humbert, qui n'a échappé à son poignard que par sa
propre valeur et le dévouement d'un des Mille de Marsala.

Jean Passanante dit qu'il frappait comme moyen d'ar-
river à un but. Quel but ? Un but aussi imaginaire que ses
idées : La liberté universelle !

Mais il oubliait donc, cet affreux criminel,
(Lui qui veut entre tous un parfait équilibre),
Que celui qu'il frappait est fils d'Emmanuel
Et premier citoyen d'un peuple grand et libre !

LE BIENFAITEUR.

A *monsieur le comte JOSEPH TELFENER, président-fondateur*
de la Société de géographie commerciale de Rome.

Amis, figurez-vous un réduit noir et sombre
Où la clarté du jour chasse avec peine l'ombre,
Un réduit, vrai séjour où souvent le malheur
Va chercher un refuge et cacher sa douleur ;
Enfin un galetas où vit un jeune artiste :
Il est là souffreteux ; cependant il persiste,
Malgré le froid piquant qui le fait grelotter,
A poursuivre son œuvre ; il veut la compléter.
Mais, hélas ! il est faible, et son âme souffrante
Ne saurait diriger sa pauvre main tremblante ;
Il redouble d'efforts... et ses efforts sont vains,
Car pinceaux et palette échappent de ses mains,
Ses forces sont à bout ; et, privé de courage,
Il abandonne tout, il quitte son ouvrage ;
Puis, triste et chancelant, il tombe sur l'amas
De guenilles, de linge, informe matelas,
Où pendant la nuit sombre et les heures d'alarmes
Il souffrait et pleurait, séchait toutes ses larmes.
Infortuné jeune homme, ô peintre malheureux !
Il regarde son œuvre, il la couve des yeux ;
Il veut se relever et soudain il retombe ;
Au mal, à la souffrance, à la fin il succombe :
Son esprit délirant voit des spectres hideux....
Il aperçoit la mort et son cortége affreux :

Tout n'est que visions en ce taudis immonde !
— Dieu grand et bon! dit-il, non personne en cc monde
Au talent, au malheur, n'apporte des secours !
Pauvre et seul ici-bas ! quel sera mon recours?
Qui me délivrera de l'affreuse misère
Dont le cercle déjà m'entoure et se resserre,
De ce rempart de mort que je ne puis franchir !...
Ah! mon Dieu! je le vois, il vaut bien mieux mourir!
Il vaut mieux s'en aller au pays où séjournent
Ceux qui quittent la terre et qui vers toi retournent...
Le peintre gémissait et déplorait son sort,
Fatigué de la vie et désirant la mort,
Lorsque soudain la porte, en cette sombre enceinte,
S'ouvre, et le fait trembler et d'espoir et de crainte :
Puis un homme élégant, plein de distinction,
Entre et lui dit alors avec émotion :
« On m'apprend à l'instant qu'en ces lieux, qu'en ce gîte,
» Depuis tantôt six mois un jeune peintre habite ;
» Qu'il est laborieux, que, malgré son talent,
» Il ne saurait gagner pour vivre assez d'argent ;
» Qu'il est dans le besoin, et qu'enfin il existe,
» Où le courage seul aux grands malheurs résiste. »
Et puis se retournant, il promène les yeux
En ce réduit obscur, en ce séjour affreux...
« Vous souffrez, reprend-il ; vous êtes dans la gêne...
» Je le crois ; car cette œuvre est terminée à peine...
» Le tableau que voici fera certainement
» De ma chambre à coucher le plus bel ornement ;
» Je l'achète et vous prie avec beaucoup d'instances
» De l'achever pour moi... Tenez, et, comme avances,
» Recevez cet argent. . Ayez un peu d'espoir !
» Ici, dans quelques jours, je reviendrai vous voir,
» Adieu ! » Puis l'inconnu sortit ; et le jeune homme,
Saisi d'étonnement, examinait la somme

Que l'étranger venait de déposer pour lui,
Et n'osait croire encore à cet étrange appui.

. . . .

Ensuite qu'advint-il?... Comme vous je le pense,
Le peintre eut du succès !... ce succès fut immense...
Il se fit un grand nom qu'il dut au bienfaiteur
Qui fut pour lui plutôt un père qu'un sauveur...

Et ce récit vraiment, dont le début est sombre,
Nous enseigne et nous dit que souvent et dans l'ombre
Végète le talent, et que, sans protecteur,
Il souffre et meurt aussi de faim et de douleur !...

LA MORT D'UN ONCLE.

DIALOGUE D'UNE MÈRE ET D'UN FILS.

———

« In nullum avarus bonus est, in se pessimus. »

LE FILS.

Pourquoi ce noir chagrin, ô bonne et tendre mère,
Pourquoi ces yeux en pleurs, cette douleur amère ?
Un danger viendrait-il menacer tes vieux ans,
Ceux de mon père ou bien ceux d'un de tes enfants ?...
Quelqu'un qui nous est cher a-t-il quitté la terre ?
Cette terre où, souvent, font place à la misère
Les larmes et le deuil !... Enfin, mère, pourquoi
Ces sanglots étouffés et ce subit émoi ?...
Ah ! rassure ton fils, car, en voyant tes larmes,
Son âme se remplit des plus vives alarmes,
Et puis son cœur navré lui dit qu'infortunés
Par la fatalité nous sommes entraînés...
Ah ! si du moins le ciel, ému de ta souffrance...
Mère, éclairait nos cœurs d'un rayon d'espérance...
Mais non... tout reste sombre et tout est sans espoir !
Je pleure... L'avenir, bonne mère, est bien noir.

LA MÈRE.

Oui, mon cher fils, il faut pleurer avec ta mère,
Car la mort poursuivant sa funeste carrière
Vient de frapper ici... Mon fils, ton oncle est mort !...
Mais, ô douleur profonde !... O sombre et triste sort !...

Ah ! mon cœur est tout plein d'une amère tristesse !
Il est mort repoussant mes soins et ma tendresse ! ..
Il préféra s'éteindre entouré d'inconnus,
De gens intéressés, avides ; et, bien plus,
Il emporte en la tombe une haine éternelle !
Car lorsque vint pour lui cette heure solennelle
Où tout chrétien mourant n'aspire plus qu'aux cieux,
Où tout va se voiler, où se ferment les yeux,
Cette heure où pour toujours on va quitter la terre,
Il nous maudit, mon fils, pour dernière prière !...

LE FILS.

O mère !...

LA MÈRE.

Hélas ! cher fils, ce n'est pas tout encor :
Il s'éteignit pleurant ses écus et son or...
Et cet or qu'il pleura, qu'il tenait de nos pères,
Il le laissa sans honte à des mains étrangères ?
De mes noires douleurs, mon fils l'excès est là !
Car tu vas rester pauvre ?...

LE FILS.

Oh ! n'est-ce que cela !...
Cependant... il est bon de vivre à ne rien faire.
D'avoir chevaux, laquais et tout ce qui peut plaire ;
D'être sans nul souci, d'avoir sur tous le pas,
D'être appelé *monsieur* aussi long que le bras !...
Mais... ce qui vaut bien mieux, ce que mon cœur préfère,
C'est ton amour, à toi, ma bonne et tendre mère ;
C'est cette affection si chère à mon bonheur,
Qui laisse un peu de joie et d'espoir à mon cœur...
Ah ! si mon oncle eût su te juger, te connaître,
Il eût été meilleur et bon pour nous peut-être !

LA MÈRE.

Non, ton oncle, mon fils, fut avare et méchant;
Il n'aimait rien au monde autant que son argent;
Il était pour lui-même et pour tous implacable;
Riche il se croyait pauvre et vivait misérable.

LE FILS.

Mais, mère, s'il fut dur et cruel pour les siens,
S'il préféra donner à d'autres tous ses biens,
Il est mort!... et la mort efface tous les crimes...
Hélas! peut-être bien que du fond des abîmes
Ce vieillard repentant implore la pitié!

LA MÈRE.

Et s'il souffre?

LE FILS.

Ah! prions Dieu qui l'a châtié,
Et, mère, sachons bien qu'une âme devient pure,
Grandit aux yeux du ciel en pardonnant l'injure;
N'oublions pas non plus que pour tous nos besoins
Le travail est le fonds qui manquera le moins.

ENFANCE DE CYRUS

A O. CLÉMENCEY

CAPITAINE DE LA 2ᵉ COMPAGNIE DES ÉCLAIREURS DU RHONE

PENDANT LA GUERRE FRANCO-ALLEMANDE

PRÉFACE

On me reprochera certainement d'avoir tiré mon poème
de l'histoire ancienne ; et, comme me l'écrivit M. X... (du
Phare), il eut été préférable peut-être de choisir un sujet
plus neuf et de plus d'actualité. Mais je répondrai aux
objections qu'on pourrait me faire que ce qui se passait
chez les anciens arrive encore aujourd'hui, et que puiser
des enseignements dans l'histoire ancienne, c'est ne pas
s'éloigner beaucoup du présent, puisque ce qui se fait de
nos jours ressemble, à quelque chose près, aux événe-
ments qui se déroulaient autrefois. Je demanderai au lec-
teur qui m'adressera ces reproches si les vices des hommes
ont changé depuis que le monde est connu. Ne sont-ce
pas les mêmes faits qui ont lieu sous une autre forme, il
est vrai, mais le fond n'en est-il pas le même ? Est-ce que
depuis des temps immémoriaux les rois, les empereurs
n'ont pas pressuré les peuples ? Il est rare de voir un
prince laisser le sceptre sans que ce sceptre ne soit souillé
par quelques fautes graves. Il est rare aussi de voir un
royaume, un empire, une principauté, sans ces frocards
de toutes couleurs qui, depuis des siècles, agitent le milieu
dans lequel ils vivent.

Tous (mages et devins) agissent dans l'ombre et veulent
avoir la direction souveraine des affaires. Ils veulent commander aux monarques et ne cherchent qu'à les rendre
flexibles à leurs moindres volontés. Et tout ce qu'ils font

sous prétexte de bonheur public, peut se résumer en ces quelques mots : Tout pour eux et par eux. Trop souvent, hélas ! ils arrivent au but où ils ne cessent de tendre, et font des rois des instruments dociles à leurs moindres désirs. Aussi n'est-ce pas avec raison que notre poète national a dit à ces derniers :

« Rois, ayez peur du trône où votre orgueil s'assied,
» Votre âme y devient spectre, et maîtres des royaumes,
» Hélas ! sans le savoir, vous êtes des fantômes... »

En effet, qu'est-ce qui gouvernait sous Louis XIII ? Que devint, sur ses vieux jours, Louis XIV, ce protecteur des lettres et des sciences, ce guerrier qui ne remporta pas moins de vingt victoires sur vingt-sept batailles qu'il livra ? Ne mourut-il pas entiché de bigotisme !

Remontons avant ces deux rois et jetons un seul et furtif regard sur les tombes de Henri III et Henri IV. Peut-être verrons-nous saigner encore les blessures que leur firent leurs assassins !

Remonter jusqu'aux premiers faits de l'Histoire ou descendre jusqu'à nous ! A quoi bon. Pourquoi choisir les époques ? Les faits ne se terminent-ils pas, presque en totalité, par les mêmes intrigues ? Leur fin n'est-elle pas toujours tragique ? Est-ce que tout cela n'aboutit pas à la destruction et à la ruine des peuples.

Aussi, heureux ! cent fois heureux ! ceux qui savent se gouverner eux-mêmes ?

ENFANCE DE CYRUS

I.

Ce matin-là le roi se levait attristé,
Il paraissait rêveur et semblait agité ;
Il était pâle et sombre, et, par son attitude,
Il montrait sa frayeur et son inquiétude ;
Il allait et venait dans ses appartements,
Il marchait vite et puis revenait à pas lents ;
— Holà ! quelqu'un, dit-il, d'une voix ferme et haute,
J'ai là sur la poitrine un poids qu'il faut qu'on m'ôte !
Qu'on appelle mes gens ! que tous viennent ici !
Je ne puis rester seul devant un tel souci ;
Je veux qu'à l'instant même on m'amène les mages
Et qu'on mande surtout ceux qui sont les plus sages !...
Qu'avait donc Astyage, et pourquoi sa frayeur ?
Prévoyait-il encore quelque sombre malheur ?
Craignait-il le retour d'une guerre en Lydie,
Ou bien du traître Scythe une autre perfidie ?
Non... le roi, cette nuit, eut un songe effrayant :
Il vit un fait hideux, étrange, menaçant ;
Du beau sein de sa fille éperdue, éplorée,
Une vigne sortait, grande, démesurée,
Et ses nombreux rameaux, longs et capricieux,
S'étendaient sur le sol qu'ils couvraient en tous lieux,

Et puis l'Asie entière, étreinte et comprimée.
Par ce cep monstrueux demeurait opprimée.
Et tout cela causait le grand trouble du roi,
Redoublait sa frayeur, sa crainte et son effroi,
Augmentait ses tourments, et ce pauvre Astyages
Ne cessait de crier, de demander les mages.
— Dieux grands! s'écriait-il, je voudrais bien aussi
Avoir le grand Thalès... Ah! que n'est-il ici!...
De ce songe lui seul eût été l'interprète!
Il était sage, et puis était très bon prophète!
N'a-t-il pas, en effet, prédit un temps certain
Où la nuit prendrait place au jour du lendemain!...
Mais..., voici mes devins!... racontons-leur ce rêve
Qui ne me laisse plus aucun repos ni trêve!...
Puis, le roi, soucieux, avec empressement,
Explique à ses devins ce qui fait son tourment...
— Grand roi, lui dirent-ils, le sens vrai de ce songe
Ne saurait supporter un noir et vil mensonge;
Nous sommes, pour le dire, effrayés, anxieux,
Nous ne mentirons pas, car nous prenons les dieux
A témoin des souhaits que pour leur roi formèrent
Des sujets qui, Seigneur, vous aiment, vous vénèrent;
Et puis, tous, humblement, grand roi, nous vous prions
De ne pas prendre en mal ce que nous vous dirons!...
Mandane, votre fille, épouse de Cambyses,
Vous causera bientôt de bien grandes surprises:
Elle doit être mère, et sous peu mettre au jour
Un enfant noble et beau, doux fruit de son amour!
Il règnera, Seigneur; plus tard toute l'Asie
L'aura pour chef unique, ainsi que la Médie!
Le monarque est troublé par cette version,
Qui dans son âme encor met la confusion;
Et, déjà furieux, en son cœur il condamne
Au supplice l'enfant qui naîtra de Mandane...
Puis il dit aux devins: « Votre explication

Suggère en mon esprit la résolution
De demander ici, le plus tôt, le plus vite,
Celle qui met mon âme en tourments et l'agite ;
Qu'on aille la quérir ! car je veux qu'à l'instant
Elle soit enfermée en son appartement ;
Qu'on la veille avec soin et que nul auprès d'elle
N'approche !... L'on m'entend ?... Ma défense est formelle !
J'ai dit. Qu'on se retire et qu'on me laisse seul !...
Entre ma fille et moi désormais un linceul
Se déploie... et, grands Dieux ! dans ma juste colère,
Ne dois-je en recouvrir et l'enfant et la mère !... »
Et ces mots menaçants, éclos en la fureur,
Troublent les assistants, les comblent de terreur ;
Tous effrayés, tremblants, vivement se retirent
De lieux où la vengeance et la haine respirent.
Le roi demeure seul et donne un libre cours
A sa fureur qu'il croît par de sombres discours.
Souvent ce qu'un roi dit est cruel, mais personne
N'ose le contredire : on fait ce qu'il ordonne.
S'il commande parfois des actes ténébreux,
Vite, pour obéir, on se rend odieux.
Ainsi les gens de cour, les gardes et les mages
S'empressent d'accomplir les ordres d'Astyages.
On va chercher Mandane, et puis on la conduit
En son appartement où le crime la suit...
Puis on l'enferme... et là, désolée et tremblante,
On la laisse gémir, en proie à l'épouvante...
— « Dieux ! disait-elle, hélas ! pourquoi ce prompt cour-
D'un père qui, toujours, était si bon, si doux ?...   [roux
Veut-il me séparer de mon noble Cambyses ?...
Ou bien... Ah ! je frémis... ses sombres entreprises
N'ont-elles pas pour but d'enlever... ô douleur !...
Un enfant à sa mère... et par là... son bonheur !...
Est-ce ma mort qu'il veut, ou bien celle de l'être
Que je porte en mon sein et qui doit bientôt naître ?...

Ah ! père, pardonnez !... rappelez près de vous
Celle qui vous implore et vous prie à genoux !...
Dites !... quel est son crime ? et puis pour quelle offense
La privez-vous ainsi de votre bienveillance ?...
Et Mandane, affolée, appelle... Vains efforts :
Tout est sourd autour d'elle, et personne au dehors
Ne répond à ses cris ; on la laisse, éperdue,
Se meurtrir et chercher à trouver une issue ;
Mais elle appelle encore, elle implore, elle veut
S'attirer la pitié de gens que rien n'émeut...
Puis, ivre de douleur et l'âme défaillante,
Elle s'affaisse et tombe affaiblie et mourante,
Et sur l'angle d'un mur sa tête en se heurtant
Se blesse... et de son front jaillit un flot sanglant...
A cette chute, hélas ! nul ne vient, nul encore
N'est ému d'un malheur que tout cœur bon déplore ;
Peut-être nul aussi sans crainte et sans effroi
N'eût su désobéir et puis déplaire au roi.
Il avait dit « je veux », ce père inexorable.
Et ses sujets traitaient comme une misérable
Sa fille qui, pour eux, avait toujours été
Douce, compatissante et pleine de bonté.
Astyages était bien dur et bien sévère ;
Peut-être oubliait-il sa qualité de père !
Il croyait que, peut-être, en étant au pouvoir,
Un monarque pouvait se passer du devoir !
N'est-il pas, en effet, tout puissant et puis maître
Du sort de ses sujets, de ceux qu'il a vus naître !
Son bon vouloir est tout, l'amour paternel rien.
Et puis n'est-on pas roi sans être homme de bien ?
Il faudrait pour cela qu'un roi ne crût pas l'être !
S'il agit et commande, il faudrait qu'aucun prêtre
Ne conseillât ses vœux : Il faut pour être roi
Savoir aimer les siens, ne pas aimer que soi !

Et ces émotions, cette douleur amère
Pouvaient tuer l'enfant dans le sein de la mère;
Car déjà celle-ci s'agitait vivement
Dans les convulsions d'un sombre enfantement.

Ah! vous ne voyez pas, roi cruel, père infâme!
Ce que souffre par vous cette innocente femme.
Non, vous ne voyez pas la profonde douleur
Qui peut-être bientôt ira glacer son cœur!
Vous tuez votre fille et votre âme insensible
A la honte, aux remords, demeure inaccessible.
Et vous ne craignez pas par ces faits odieux,
Roi, d'attirer sur vous la colère des dieux!
Sans cesse, roi, le ciel protège l'innocence;
Il punit les méchants; redoutez sa vengeance...
Là... votre enfant se meurt dans les cruels tourments
Qui président toujours aux longs accouchements;
Et vous n'accourez pas, à ses cris à ses larmes!
Vous la laissez, infâme, en proie à ses alarmes!
Cependant cet être est issu de votre sang;
Il ne vit que par vous; c'est de vous qu'il descend,
Et vous ne sentez pas s'éveiller en votre âme
De l'amour paternel la consolante flamme!
Ah! prenez garde, roi, que l'enfant, un beau jour,
Furieux contre vous, ne se venge à son tour!...

Et puis Cyrus naissait... Mais le roi son grand père
Le faisait sourdement enlever à sa mère!...

Il commettait ce vol, cet odieux larcin
Pour mieux exécuter son criminel dessein:
Il avait peur; et puis quand un roi vient à craindre
Sitôt pour sa défense au crime il sait atteindre:
Astyages tremblait pour son trône, et l'enfant,
Cause de sa frayeur, excitait son tourment...
Ah! c'est donc pour Cyrus que la fureur anime

Ce grand roi que la haine agite et pousse au crime !
Veut-il commettre encor d'autres iniquités
Et plonger dans le sang ses bras ensanglantés !
Il n'a donc pas assez des peines de la mère,
De sa vive douleur, de son angoisse amère !...
Peut-être elle n'est plus celle qui sut prier
Et qui bientôt peut-être aura pour meurtrier
Celui que lui donna pour père la nature !
Mais elle a, selon lui, commis la forfaiture
D'être mère d'un fils, et cet acte, à ses yeux,
Excuse tout méfait et tout crime odieux ;
Car il est prêt à tout ce monstre, ce vampire,
Pour sauver sa puissance et garder son empire.
Aussi demande-t-il son parent Harpagus,
Et lui dit vivement, en lui montrant Cyrus :
« Ecoute, ami, je veux que cet enfant-là meure.
Cherche-lui quelque part, pour dernière demeure,
Un endroit où jamais le passant, plein d'effroi,
N'osera s'enquérir du petit-fils du roi.
Enfin fais-le mourir..., tu m'entends..., je l'ordonne.
C'est à toi seul, ami, c'est à toi que je donne
Le soin de me venger. Que nul autre que toi
Ne puisse interpréter les actions du roi !
En toi seul, Harpagus, j'ai mis ma confiance ;
Et tu sais quelle crainte inspire ma vengeance ;
Tu sais d'une autre part que les rois satisfaits
Savent récompenser, prodiguer les bienfaits.
Sache te conformer aux ordres d'Astyages !
Aide-le, je t'en prie, à confondre les mages...
Ah ! faisons-les mentir ! Va. Désormais, ami,
L'ennemi d'Harpagus sera mon ennemi. »

Harpagus, à ces mots, sent que son cœur se serre ;
Il veut douter encor ; sa douleur est amère.
« Est-ce bien, se dit-il, celui que j'ai connu !...

A tant de cruauté serait-il parvenu !...
Veut-il faire à jamais maudire sa mémoire,
Souiller son noble nom en flétrissant sa gloire !...
Oh ! non, ce n'est plus là celui qu'autrefois tous
Avaient vu si bon père et puis si tendre époux.
Désormais de son âme est à jamais bannie
La bonté que son peuple a si souvent bénie !
La douceur a fait place à la férocité ;
Son cœur est maintenant par le crime habité.
Que n'a-t-il jamais lui ce jour cent fois horrible,
Où de bon ce monarque est devenu terrible !...
Et par mes mains il veut commettre ce forfait !
Mais sans danger pourrai-je accomplir un tel fait !
Comment ! il faut tuer le fils de la princesse !
Ah ! mon âme s'emplit d'une noire tristesse !...
Et déjà la frayeur et mille autres soucis
S'emparent de mon cœur, le rendent indécis...
Et si je me dérobe aux volontés royales,
Ne dois-je redouter les vengeances fatales
De ce roi furieux qui, me jugeant sans foi,
Tournera sa fureur, sa haine contre moi.
Il est vrai qu'il s'en va sur le déclin de l'âge
Et que bientôt peut-être il aura pour partage
Le calme du tombeau ; car le temps tous les jours,
En allongeant sa vie, en abrège le cours ;
Mais il n'a point de fils pour reprendre son trône,
Et pour cela sa fille obtiendra la couronne.
Mandane sera reine !... et le pauvre Harpagus
Devra se repentir de la mort de Cyrus :
En entrant au pouvoir aussitôt la princesse
Armera contre lui sa foudre vengeresse !...
Que faire ? ô dieux puissants ! conseillez mes esprits !
Eloignez Harpagus de lieux où l'ont surpris
Le crime et son horreur... De lieux où gît la haine.
De lieux, enfin de lieux où le crime l'enchaîne. »

Sur ces réflexions et sans répondre au roi,
Harpagus se retire au comble de l'émoi,
Emportant en ses bras le pauvre petit être
Que son maître et seigneur veut faire disparaître.
Il court à sa demeure, et les yeux tout en pleurs,
Il arrive accablé, chargé de cent douleurs :
Et là, montrant Cyrus à sa fidèle épouse,
Cyrus, ce bel enfant, que la beauté jalouse,
Il lui dit : « Vous voyez, cet enfant doit périr,
Car j'ai l'ordre du roi de le faire mourir :
C'est à moi qu'est échu cet acte dur, infâme,
Hélas ! c'est moi qu'il mêle à cet horrible drame !
C'est moi qui dois tuer le petit-fils du roi !
A ce penser mon cœur se sent frémir d'effroi !
Pour accomplir ce fait des obstacles sans nombre
Se dressent menaçants et surgissent dans l'ombre ;
Et le jour qui verra couler du sang royal
Sera pour Harpagus un jour sombre et fatal !
Donnez-lui vos conseils, car son âme éperdue
Par d'amères douleurs demeure confondue !
Dites ! que faut-il faire et quel est selon vous
Le moyen de sortir d'embarras votre époux ?
J'ai beau fouiller sans cesse et me creuser la tête,
Mon esprit égaré ne sait rien qui l'arrête. »

— « Ah ! prince, ce récit, en me glaçant d'horreur,
Se grave dans mon âme et l'emplit de terreur,
Répond à son époux la dame défaillante ;
Ah ! Seigneur, tout cela me jette en l'épouvante !
Tout cela peut troubler notre sécurité !
Et maintenant je crains pour votre sûreté !
Mais il faut à tout prix éviter cet abîme
Où voudraient vous jeter la vengeance et le crime !
Pour accomplir ce fait... Ah ! cet aveu, seigneur,
Cet aveu, je le sens, est pénible à mon cœur,

Il faut, entendez-vous ! il faut que l'enfant meure !
Mais non par votre main. Faites venir sur l'heure
Un des pasteurs du roi : demandez un berger ;
Dites-lui de quel soin le roi veut le charger.
Que lui fasse mourir cet enfant de Mandane !
Qu'il l'emporte là-bas sur les monts d'Ecbatane !
Et là, qu'il l'abandonne aux animaux hideux
Qui parcourent les bois et fréquentent ces lieux !
Par ce moyen, seigneur, le roi seul est coupable ;
Pour vous, l'innocence est un fait incontestable. »

— « Vos paroles, madame, émanent du bon sens,
Elles donnent l'espoir à mon âme, et je sens
Que ces sages avis dictés par la tendresse
Enlèvent à mon cœur sa profonde tristesse.
Oui, selon vos conseils, il faut que cet enfant
Disparaisse et retourne à jamais au néant.
Il vaut mieux en finir avec ce petit être,
Car le roi, mon seigneur, est un terrible maître !
Allons ! puisque le sort en ses sombres desseins
Verse sur cet enfant le mal à pleines mains !
Puisque ce jour maudit est le jour d'Arimane ! (*)
Qu'on l'emporte en les bois où le sort le condamne !
Qu'il serve d'aliment, en ces sauvages lieux,
Aux hôtes des forêts, à ces monstres affreux !
Et de ce pas je vais, je cours à l'instant même
Requérir un berger pour cet acte suprême. »

II.

Dix ans se sont passés depuis le fatal jour
Où l'on exécutait les ordres de la cour.
Cyrus, à peine né de la pauvre Mandane,
Était abandonné sur les monts d'Ecbatane ;

(*) Génie du mal chez les anciens Perses et Mèdes.

C'est là qu'il recevait des mains de son aïeul
La vengeance pour tombe et l'oubli pour cercueil.

Le roi ne pensait plus à sa jeune victime,
Il ne songeait qu'aux jeux pour oublier son crime,
Et, passant tout son temps en fêtes, en festins,
Il se moquait souvent des avis des devins.
Un jour qu'il revenait d'une chasse effrénée,
Ardente, impétueuse, habilement menée,
Qu'il passait près des monts, sombres, funestes lieux
Dont les nombreux sommets se perdent dans les cieux,
Il s'arrêta soudain ; puis, rassemblant sa suite
Et lui montrant du doigt la montagne maudite
Où périssait Cyrus, il devint radieux :
Ce sombre souvenir le rendit tout joyeux :

Ah ! cria-t-il bien haut à qui voulut l'entendre,
Envers et contre tous je saurai me défendre ;
Je suis le roi puissant !... les mages, les devins
Ne savent comme moi maîtriser les destins :
« Cet enfant régnera sur la terre d'Asie,
Il sera, disaient-ils, roi de notre Médie. »
Ah ! vous qui m'écoutez, adorateurs des dieux,
Courez sur la montagne et voyez de vos yeux
L'endroit où le grand roi, le puissant Astyages,
Sut faire évanouir les augures des mages...
Oui, je les fis mentir ces fats audacieux
Qui disent avoir lu l'avenir dans les cieux ;
Car leurs prédictions et leurs vains bavardages
Ne sont qu'œuvres de sots plutôt que faits de sages.
Mais tout moyen est bon à ces froids factieux
Pour mener à leurs fins leurs vœux ambitieux.
Pour effrayer un prince, ils parlent d'Arimane,
Ce dieu vil et méchant de qui le mal émane ;
Et s'ils en ont besoin pour leurs sombres projets,

Ils lui montrent Ormuzd (*) prodiguant ses bienfaits,
Tout prêt à lui donner des victoires sans nombre,
A combattre pour lui ses ennemis dans l'ombre...
Allez, allez, allez, hypocrites, menteurs,
Prêtres fallacieux, criminels imposteurs !
Allez porter ailleurs vos sinistres présages !
Vous qui prophétisiez la chute d'Astyages !
Qui disiez que Cyrus devait venir un jour
Pour régner à sa place et trôner à sa cour !
Mais ses restes sont là sur ce mont solitaire,
Qui depuis plusieurs ans en est dépositaire...
Allez ! vous ne ferez jamais trembler le roi
Par des prédictions si peu dignes de foi,
Et ne ferez pas croire au prudent Astyages
Que le mal est un bien, que les fous sont des sages. »

A ces mots menaçants, aux paroles du roi,
Tous ceux qui l'entouraient furent saisis d'effroi ;
Et tous, épouvantés par ces âpres blasphèmes
Que le roi proférait contre les dieux eux-mêmes,
Tremblaient, étaient remplis et de trouble et d'horreur
Et ne savaient comment dominer leur terreur :
Ils craignaient que ces mots, ces paroles funestes
N'attirassent sur eux les colères célestes.
Quant au prince il devint encore plus hautain,
Puis, embrassant les siens d'un regard de dédain,
Il fit signe qu'on eût à rentrer à la ville.

Du pied du mont Oronte, une plaine fertile,
Qui, remontant au nord et courant au couchant,
Laisse Ecbatane au sud pour fuir à l'orient,
Et puis aller de là jusqu'aux Pyles Caspiennes,
Va se mêler au loin aux terres de Parthiènes.
Là, de nombreux troupeaux de bœufs et de béliers

(*) L'être bon et pur par excellence chez les anciens Perses et Mèdes.

Paissent sous les regards de vigilants bouviers ;
Puis, suivant dans sa marche une course incertaine,
Un fleuve, au cours rapide, arrose cette plaine,
Et sur ses bords riants de modestes hameaux
Abritent à la fois et bergers et troupeaux ;
Et puis un peu plus loin, tout près d'un lac tranquille,
Un pauvre pêcheur mède a construit son asile :
C'est là que bien souvent se trouvent réunis
La femme, le mari, la mère et puis les fils.
Oh ! là, que de transports ! que d'échanges d'ivresses !
Que ce père est heureux sous les douces caresses
De ses petits enfants qui, fêtant son retour,
Sautent sur ses genoux, l'embrassent tour à tour !
Et puis quand vient le soir, l'heure du crépuscule,
Assis devant chez lui, tout joyeux, il calcule
Le gain qu'il peut tirer des fatigues du jour ;
Oh ! combien il est mieux qu'aux abords de la cour !
Loin de ces lieux maudits, repaires formidables
De faits mystérieux, de crimes innombrables...
Et vous, humbles bergers, restez à vos troupeaux,
N'enviez pas ces lieux, préférez vos hameaux
Aux grandeurs des cités, à toutes les richesses
Dont s'entourent les rois, les princes, les princesses ;
Fuyez les gens titrés, fuyez les grands seigneurs,
Tous traînent après eux l'opprobre et les malheurs.
N'aimez que vos hameaux, vos plaines verdoyantes
Et vos douces brebis aux toisons ondulantes ;
Restez, pour vivre heureux, sous vos paisibles toits,
Car le bonheur n'est point où résident les rois.

Tel serait, en un mot, ô Mèdes, le langage
Que tiendrait la raison toujours prudente et sage.

Le roi, nous l'avons vu, pendant tout son discours,
Laissait à sa pensée un large et libre cours ;

Nous l'avons vu donner à sa troupe servile
L'ordre de retourner promptement à la ville.
Et puis nous avons vu que ses gens atterrés
Etaient pleins de frayeur, sombres, désespérés,
Que tous, anéantis par ce discours profane,
Reprenaient tristement la route d'Ecbatane ;
Tous étaient consternés et suivaient anxieux
Leur terrible seigneur qui marchait devant eux.
Or, le chemin suivi par le fier Astyages
Aboutissait dans l'un de ces nombreux villages
Où bien souvent, le soir, en revenant des champs,
Les bergers, tout joyeux, font entendre leurs chants.
Au moment où ce prince arrivait au village,
Plusieurs enfants jouaient; ils étaient du même âge.
L'un d'eux semblait en proie à de vives douleurs,
Il criait, se plaignait, il était tout en pleurs.
Le monarque, à ce bruit, tout aussitôt s'arrête,
Appelle à lui ses gens, et puis il s'inquiète
De ce qui fait pleurer ainsi le pauvre enfant.
Quoi ! chez un tel seigneur, un tel revirement !
Est-ce que la pitié vient visiter son âme ?
Quoi ! ce roi criminel cesserait d'être infâme !
Et les larmes, les cris, la bruyante douleur
D'un enfant qui gémit pourraient toucher son cœur !
Non. Celui qui lirait au fond de sa pensée
Verrait que ce cœur dur, que cette âme glacée,
Bien loin d'être accessible à tout bon sentiment,
Recherche dans le mal un divertissement.
Il verrait que ce roi qui vers l'enfant s'avance,
Est heureux quand il sent quelqu'un dans la souffrance.
Bien qu'il donne à sa voix un ton doux et moelleux,
Qu'il questionne ainsi le petit malheureux :
« — Petit, quel est ton nom et pourquoi ces alarmes ?
Quel est donc le chagrin qui fait couler tes larmes ? »
« —Seigneur, répond l'enfant, les yeux mouillés de pleurs,

Je suis Artembarès, fils d'un de vos seigneurs ;
Je viens d'être l'objet du plus indigne outrage,
Vous le voyez encore gravé sur mon visage.
Celui que l'on appelle ici fils du bouvier
Ordonna qu'on me frappe, et j'eus beau supplier,
J'eus beau crier, pleurer, les verges se levèrent
Sur moi plus de vingt fois, elles se rebaissèrent...
C'est lui ! c'est celui-là..., prince..., qui m'a flétri ;
Par son ordre je fus ensanglanté, meurtri. »
Et les yeux pleins des feux d'une sourde colère,
Le jeune Artembarès montre son adversaire.
« — Hé quoi ! cria le roi, s'adressant à l'enfant,
Que le fils du seigneur désigne triomphant,
Vil esclave, c'est toi, toi, misérable rustre,
Qui maltraita ainsi le fils d'un homme illustre !
Toi qui ne craignis pas de frapper au grand jour
Le fils d'un des premiers grands seigneurs de ma cour ?
Oh ! c'est par trop d'audace ! Il faut à l'instant même
Infliger à ce rustre un châtiment suprême. »
Bien loin d'être effrayé des menaces du roi,
L'enfant, sans sourciller et sans le moindre émoi,
Lui répond hardiment d'une voix calme et fière :
« Sire, ce que j'ai fait, j'ai cru le pouvoir faire.
Les enfants que voici me choisirent pour roi ;
Ils m'obéissent : tous sont soumis à ma loi ;
Je n'ai qu'à commander ; et, jusqu'ici, personne
Ne sut enfreindre encor les ordres que je donne.
Seul, ce jeune seigneur se mêlant à nos jeux,
Eut toujours envers moi l'air fat et dédaigneux ;
Bien loin de m'obéir, d'être doux et docile,
A mes moindres décrets il fut toujours hostile :
Je l'en ai châtié ; si cet acte, seigneur,
Doit attirer sur moi toute votre rigueur,.
Ordonnez, je suis prêt ! que le gibet se dresse !
Prince, j'y subirai ma peine sans faiblesse. »

Rien n'en impose autant que la témérité :
Cet enfant qui parlait avec tant de fierté,
Qui, sans craindre la mort, sans souci de son âge,
Osait devant le roi tenir un tel langage,
Devait, sans aucun doute, étonner un seigneur
Dont le nom seul inspire et la crainte et l'horreur.
Aussi quand l'enfant parle, on l'entoure, on se presse,
Tout le monde est surpris de tant de hardiesse.
Le monarque lui-même est plein d'étonnement...
Il regarde l'enfant ; puis soudain, pâlissant :
« Oh ! ce berger, dit-il, je crois le reconnaître,
Une femme des champs ne peut l'avoir vu naître.
Non, ce n'est point le fils d'un rustre ou d'un bouvier,
Cet enfant ne peut être issu d'un sang grossier !...
C'est bien lui !... C'est Cyrus ! c'est le fils de ma fille !
Je reconnais en lui les traits de ma famille !,..
Mon petit-fils, pourtant, depuis dix ans est mort !
Car Harpagus a dû disposer de son sort !
Mais m'aurait-il trahi, lui que j'ai cru sincère ?...
A-t-il sauvé l'enfant dans le seul but de plaire
A tous ces factieux, à ces maudits devins ?...
Ah ! s'il en est ainsi, malheur à ces faquins !
Malheur à qui s'obstine à suivre leur fortune !...
Je dois anéantir cette race importune !
Cette pieuvre aux milliers de membranes, de bras
Qui sans cesse s'étend et couvre mes Etats.
Oh ! oui, je détruirai la secte et sa doctrine :
Elle corrompt mes gens. Je crains que ma poitrine
Ne serve un jour de gaîne au fer d'un meurtrier ;
Car ces prêtres maudits du premier au dernier
Intriguent. » Il se tut, et la troupe anxieuse,
Sur l'ordre de son roi reprit, silencieuse,
Le chemin d'Ecbatane, en entraînant Cyrus.

. . . .

Astyages un jour se vengea d'Harpagus,
Etouffa des devins la faction naissante,
Bannit de ses Etats leur secte turbulente.
Puis ce cruel seigneur, après d'autres exploits,
Eut le sort malheureux d'un grand nombre de rois :
Il mourut prisonnier, et, plus tard, la Médie
Fut soumise à Cyrus avec toute l'Asie.

EN PRÉPARATION

LETTRES A UN CORRESPONDANT SUR L'ESCARMOUCHE DE BRANS

(JANVIER 1871)

www.ingramcontent.com/pod-product-compliance
Lightning Source LLC
Chambersburg PA
CBHW060838180626

46818CB00004B/1496